QUÊTE URGENTE
TUEZ LES DÉMONS
QU'ILS NE VOUS TUENT
NS DE PARTICIPATION : NIVEAU 2 OU PLUS
C'EST FOU !
VOUS VOYEZ CE QUE JE VOIS ?!
UNE QUÊTE "URGENTE" ?
"TUEZ LES DÉMONS ...
AVANT QU'ILS NE VOUS TUENT" ?
JE PIGE PAS...
FAUT QU'ON ÉLIMINE DES DÉMONS ?
RÉCOMPENSES
CONDITIONS DE RÉUSSITE
9
UNE NOUVELLE OFFENSIVE
Y A UNE RÉCOMPENSE À LA CLÉ !
ON PEUT MÊME OBTENIR DE L'EXPÉRIENCE !
TROP BIEN !
C'EST VRAIMENT COMME DANS UN JEU !
ATTENDEZ ...

POUR CETTE QUÊTE…
IL EST RECOMMANDÉ D'ÊTRE AU NIVEAU 5 !
NIVEAU RECOMMANDÉ: 5
QUOI ?
PFF, SÉRIEUX…
QU…
ON FAIT QUOI ?
IL NOUS EN MANQUE TROIS…
ON VA GALÉRER.
MAIS NON, ON VA GÉRER !
ON EST UN PEU EN DESSOUS DU NIVEAU RECOMMANDÉ, MAIS ÇA VAUT LE COUP DE TENTER !
TU SAIS PAS SI ON JOUE EN MODE FACILE OU EXPERT !
VAUT MIEUX QU'ON AILLE LEVEL UP D'ABORD, NON ?
TU TE PRENDS LA TÊTE POUR RIEN.
SI ON LA JOUE TROP PRUDENTS, ON SE FERA LAMINER PLUS TARD !
EN TOUT CAS, MOI, JE DÉCOLLE.
ZOUIP
そろ〜り

BONK
AÏE !
C'EST QUOI CE BORDEL ?!
ON EST PRIS AU PIÈGE !
JE CROIS QUE C'EST UN MUR INVISIBLE !
TU VOULAIS T'ÉCHAPPER DISCRÉTOS ?
HEIN ? ON PEUT PAS SORTIR TANT QU'ON A PAS RÉUSSI ?!
MERDE…
C'EST PEUT-ÊTRE UN ÉVÉNEMENT OBLIGATOIRE ?
IL Y A MÊME DES CONDITIONS DE RÉUSSITE.
CONDITIONS DE RÉUSSITE
INDICE DE QUÊTE

CONDITIONS DE PARTICIPATION : NUL...
... LES DÉMONS QU'ILS NE VOI... ...ENT
CONDITIONS DE RÉUSSITE
ÉLIMINER CINQ MONSTRE...
BZZR
IL SUFFIT DE TUER CINQ MONSTRES !
DE...
DE QUEL TYPE DE BESTIOLE ON PARLE, AU JUSTE ?
INDICE
INDICE
...NE FOIS VENU LE JOUR DES ...ARICOTS DE LA DESTRUCTION, ...VOUS OBTIENDREZ LA FORCE POUR VAINCRE LES DÉMONS.
C'EST QUOI CET INDICE ?
JE PIGE QUE DALLE !
FRSSH
FRSSH
OUAH !
C'EST UN DÉMON ?!
MAIS ...
C'EST ...

GRRRRR
LA MÊME CRÉATURE QUE LA DERNIÈRE FOIS !
BEURK...
ON EST SUR DU NIVEAU 5 ...
IL DOIT ÊTRE PLUS FORT QUE SON POTE !

GWAAAARGH
PRENDS ÇA !!
VLAAAM

ベチャ
CRASH
テテテテッテテー
BIP
BIP
BIP
BIP
HEIN ?
WOW !
IL EST SUPER FAIBLE, EN FAIT !
OUAIS !
J'AI GAGNÉ UN NIVEAU !
HÉ ! MOI AUSSI, JE VEUX EN PROFITER ! C'EST PAS JUSTE !
J'EN REVIENS PAS COMME IL ÉTAIT NAZE.
IL SUFFIT JUSTE QU'ON EN BATTE CINQ ?
AH !
FRRRSH

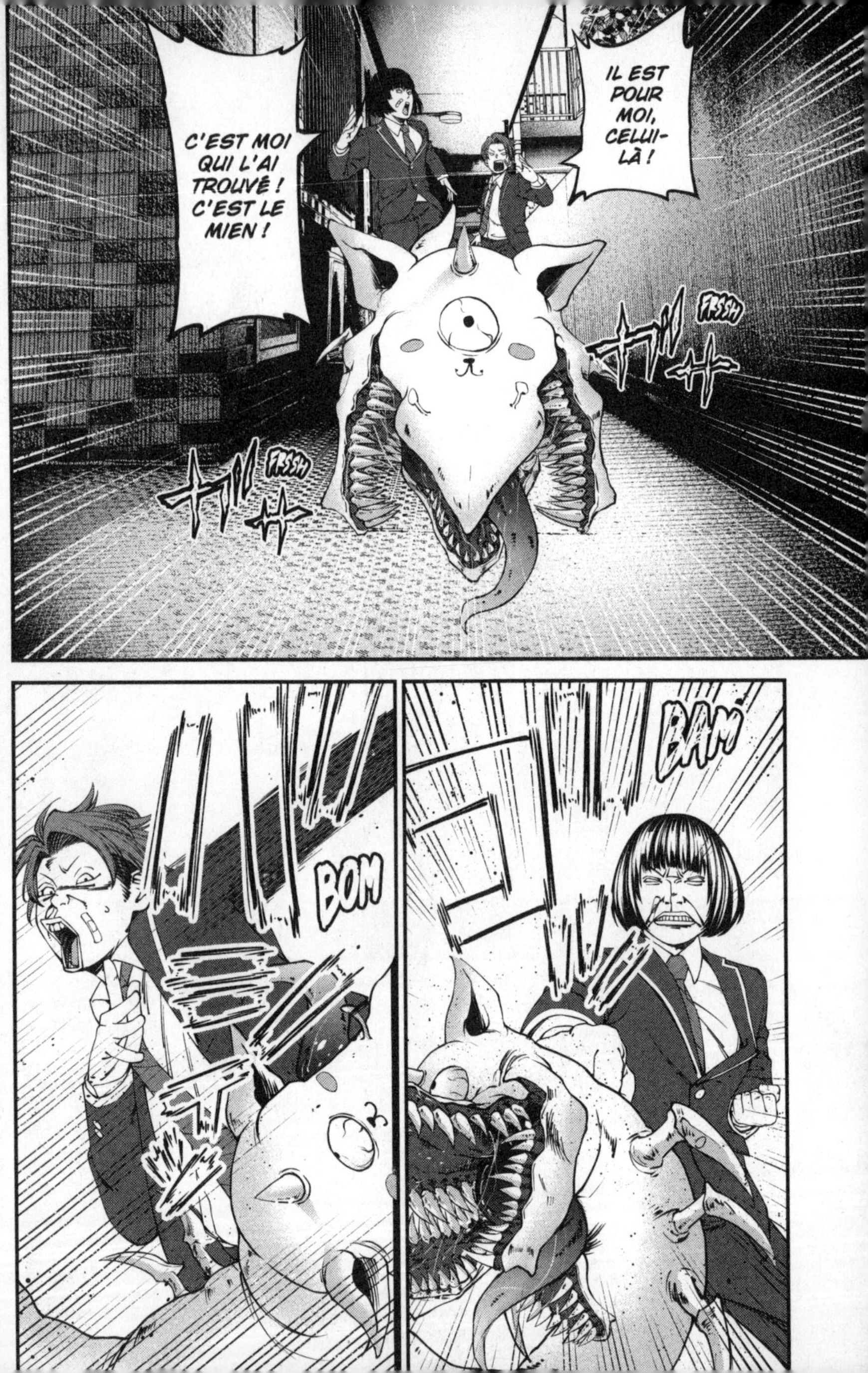
IL EST POUR MOI, CELUI-LÀ !
C'EST MOI QUI L'AI TROUVÉ ! C'EST LE MIEN !
FRSSH
FRSSH
BAM
BOM

ALLEZ !
JE SUIS NIVEAU 3 !
QUELLE COMPÉTENCE JE VAIS CHOISIR ?
MÊME SI ON EST UNE ÉQUIPE, IL FAUT PARTICIPER AU COMBAT INDIVIDUELLEMENT POUR GAGNER DE L'EXPÉRIENCE...
SI ON L'ÉLIMINE À PLUSIEURS, LES POINTS D'XP SONT PARTAGÉS.
EXP
PROCHAIN NIVEAU
IL RESTE DEUX MONSTRES.
ON A BIEN PROGRESSÉ.
!
FRSSH
FRSSH
SI ON LES BAT À TROIS, ON POURRA SE PARTAGER L'EXPÉRIENCE.
PFF...

IL EST LÀ !
ON LE PREND EN SANDWICH…
DANS LES ESCALIERS !
ALLEZ, PLUS QU'UN !
ON EST VRAIMENT SUR UNE QUÊTE DE NIVEAU 5 ?
C'EST PAS UN PEU TROP FACILE ?
JE VOUS L'AVAIS BIEN DIT !
VOUS VOUS PRENEZ TROP LA TÊTE.
CLAC
!

TSS !
VLAM
ALLEZ, ACHEVONS-LES...
AVANT DE DÉRANGER ENCORE PLUS LES GENS !
Y A VRAIMENT DES GENS QUI VIVENT ICI...
!
HÉ !
FAITES MOINS DE BRUIT !
AH !
VOILÀ LE DERNIER !

ALLEZ …
ON SE LE FAIT À NOUS DEUX !
FRSSH
FRSSH
CLAC
VOUS ALLEZ ARRÊTER VOTRE BORDEL ?
JE VAIS VOUS MASSACRER, SALES MORVEUX !
HÉ, M'SIEUR !
C'EST DANGEREUX ! RESTEZ CHEZ VOUS !
QUOI ?!
QUI C'EST QUE T'APPELLES M'SIE…

GRRRRRRR
C'EST QUOI, CE TRUC ?!
SCRONCH
SCRONCH
A...
AAAAAAH !!
OH NON !
GRRRRR

MERDE !
FRSSH
FRSSH
VITE...
UNE AMBULANCE !
IL EST PAS...
DÉJÀ MORT ?
BLEURGH !
C'EST...
C'EST PAS NOTRE FAUTE !
J'Y CROIS PAS...
CE JEU...
VITE !
QUOI ?
HÉ, STOP !!

FRSSH
ON DOIT LE TERMINER LE PLUS VITE POSSIBLE…
FRSSH
STAP
SINON …
FRSSH
FRSSH
HÉ, VOUS !
MES LOCA-TAIRES N'ARRÊTENT PAS DE SE PLAINDRE !
QU'EST-CE QUE VOUS FICHEZ ?!
FUYEZ !!
RENTREZ VITE CHEZ VOUS !
AAH !
GWAAAA
RGH

AAAAARGH!
SCRONCH
SCRONCH
SHRAK
SHRAK
!
FLASH

!
STAP
QU'EST-CE QUE...
SHRAK
J'Y CROIS PAS !
SHRAK
SHRAK
C'EST BIEN CE QUE JE PENSAIS...
SHRAK
SHRAK

GWOOOOO
LES MONSTRES AUSSI, ILS MONTENT EN NIVEAU !

KAZUTO NANBA

[START] 30 DÉCEMBRE

[NIVEAU] 17 ANS

[GROUPE SANGUIN] A

[TYPE] TERMINALE À NAKANOSHITA

[SKILL] SIX ANS DE BASKET

[HAUT FAIT] A PASSÉ LES PRÉSÉLECTIONS D'UN CONCOURS DE BEAUTÉ.

[BOTTE SECRÈTE] RETOURNER SA VESTE

LEVEL UP DISASTER

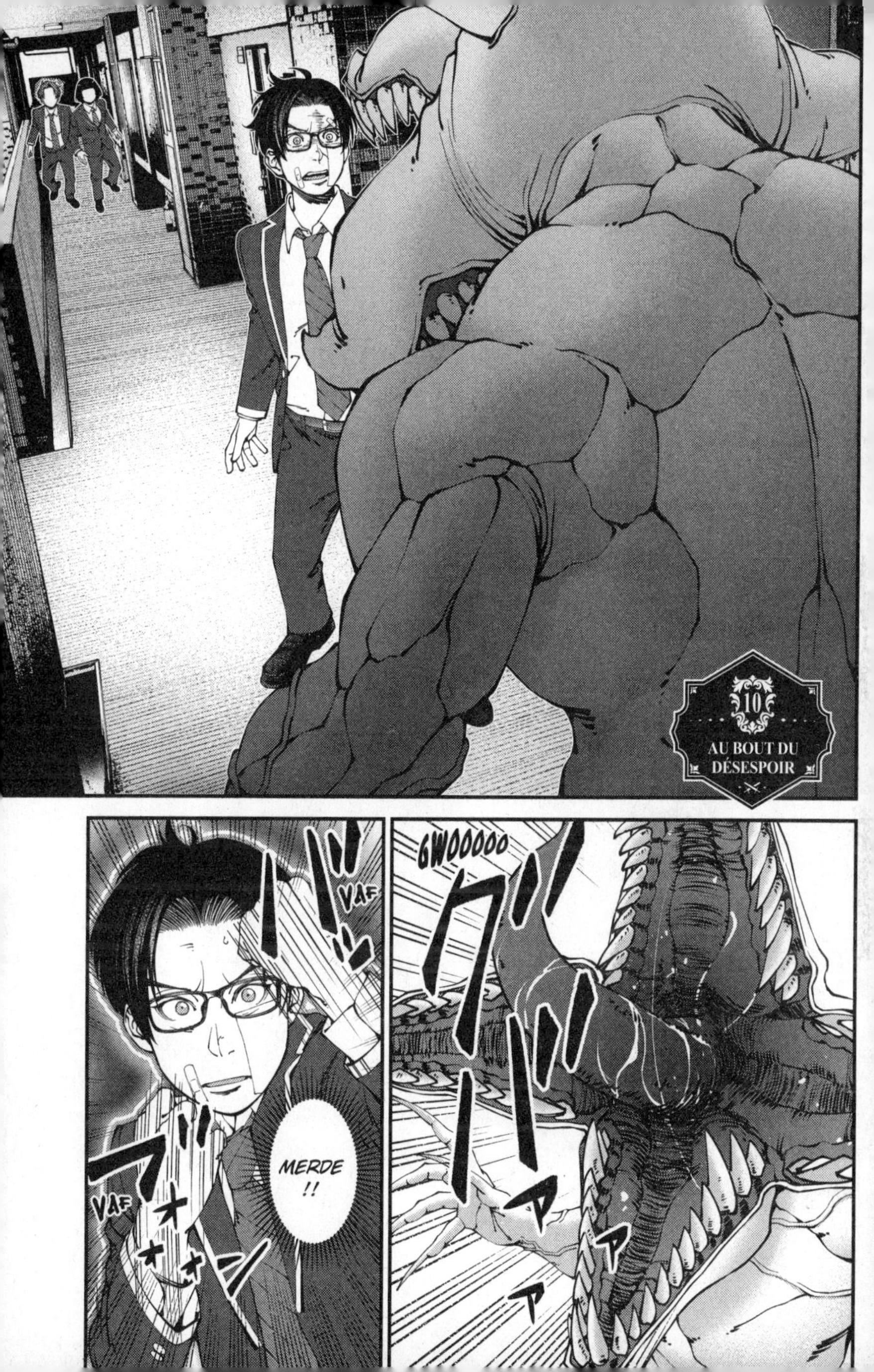
10
AU BOUT DU DÉSESPOIR
GWOOOOO
VAF
MERDE !!
VAF

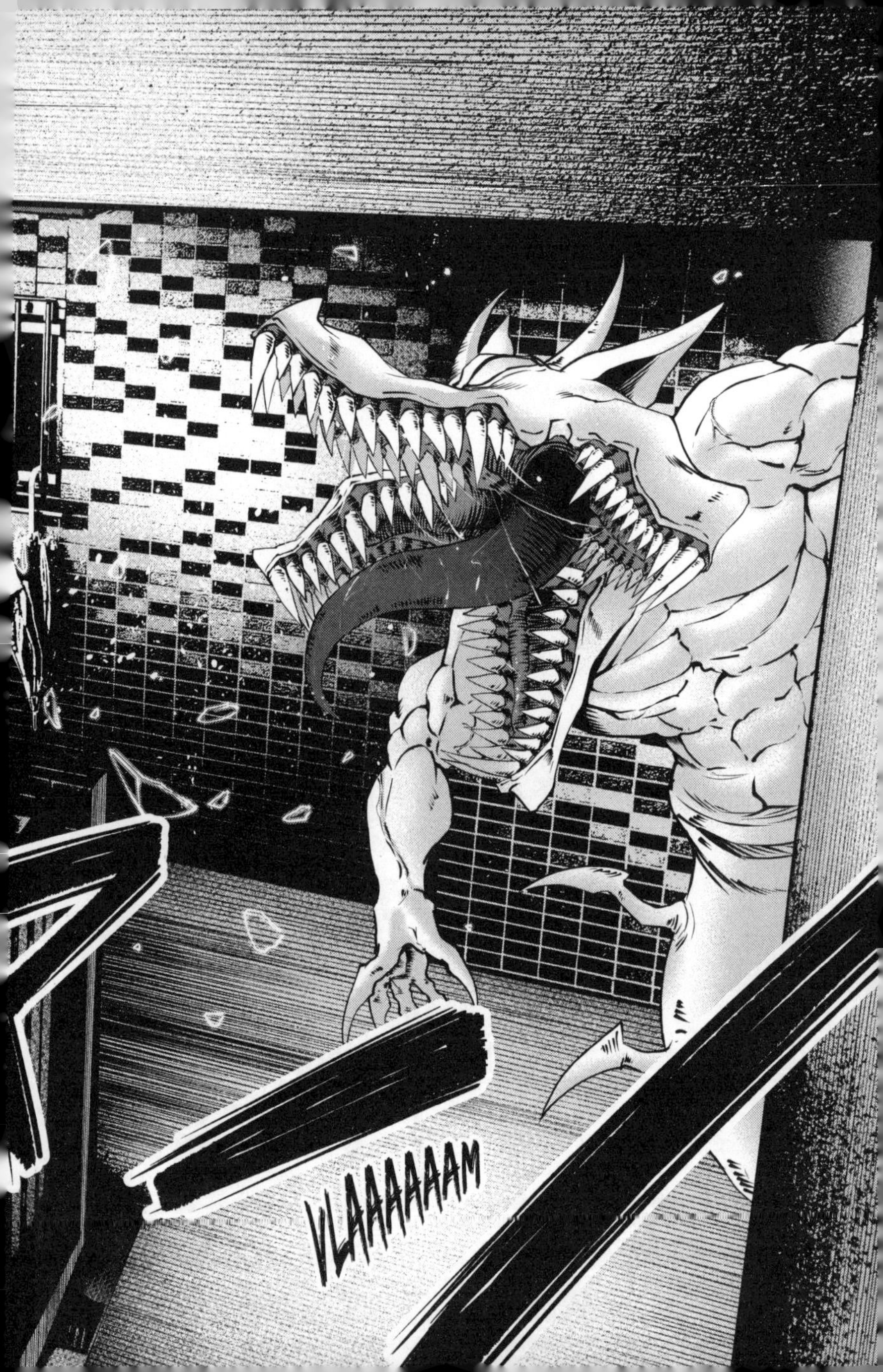
VLAAAAAAM

SDOM
AH !
IL EST TROP BALAISE !
IL A BOUSILLÉ MON BOUCLIER CAPABLE D'ENCAISSER CENT POINTS DE DÉGÂTS...
ÇA...
ÇA VA ? SHAORIN !
Y SE PASSE QUOI ?
ILS MONTENT EN NIVEAU, EUX AUSSI !
AH OUAIS ?
TUER DES HUMAINS LEUR RAPPORTE DE L'XP !
LA CLÉ POUR RÉUSSIR CETTE QUÊTE, C'EST DE LES EXPLOSER LE PLUS VITE POSSIBLE !
ALORS, ILS SONT ENTRÉS DANS LA RÉSIDENCE POUR TROUVER DES PROIES...
GRRRRR

ON...
PREND LA FUITE ?
ÇA NE METTRA PAS FIN À LA QUÊTE.
FAUT EN FINIR RAPIDEMENT !
MERDE ...
S'IL CONTINUE À BOUFFER DES GENS ET À GROSSIR, ON S'EN SORTIRA JAMAIS !
SÉRIEUX...
STAP

NOUS AUSSI, ON EST LÀ POUR LEVEL UP !
À TROIS, ON PEUT SE LE FAIRE...
ON EST FORTS !
JUSQU'ICI, ON A RÉUSSI À VAINCRE TOUS NOS ADVERSAIRES !
ON PEUT LE FAIRE !
OUI...
ON N'A PAS LE CHOIX !
HORS DE QUESTION QU'ON MEURE ICI !
!
TAP
ÇA TOMBE BIEN, JE VOULAIS ESSAYER...
MON NOUVEAU SORT !

FWISH
FWISH
JE PEUX LE LANCER QU'UNE SEULE FOIS...
DONC DÈS QUE JE LE TOUCHE, VOUS L'ACHEVEZ !
ONDE ENSORCELÉE !
BOM
ONDE ENSORCELÉE
POINTS REQUIS : 8
PM CONSOMMÉS : 6
CE SORT, QUI CONSOMME BEAUCOUP DE POINTS DE MAGIE, LANCE UNE PUISSANTE DÉFLAGRATION.

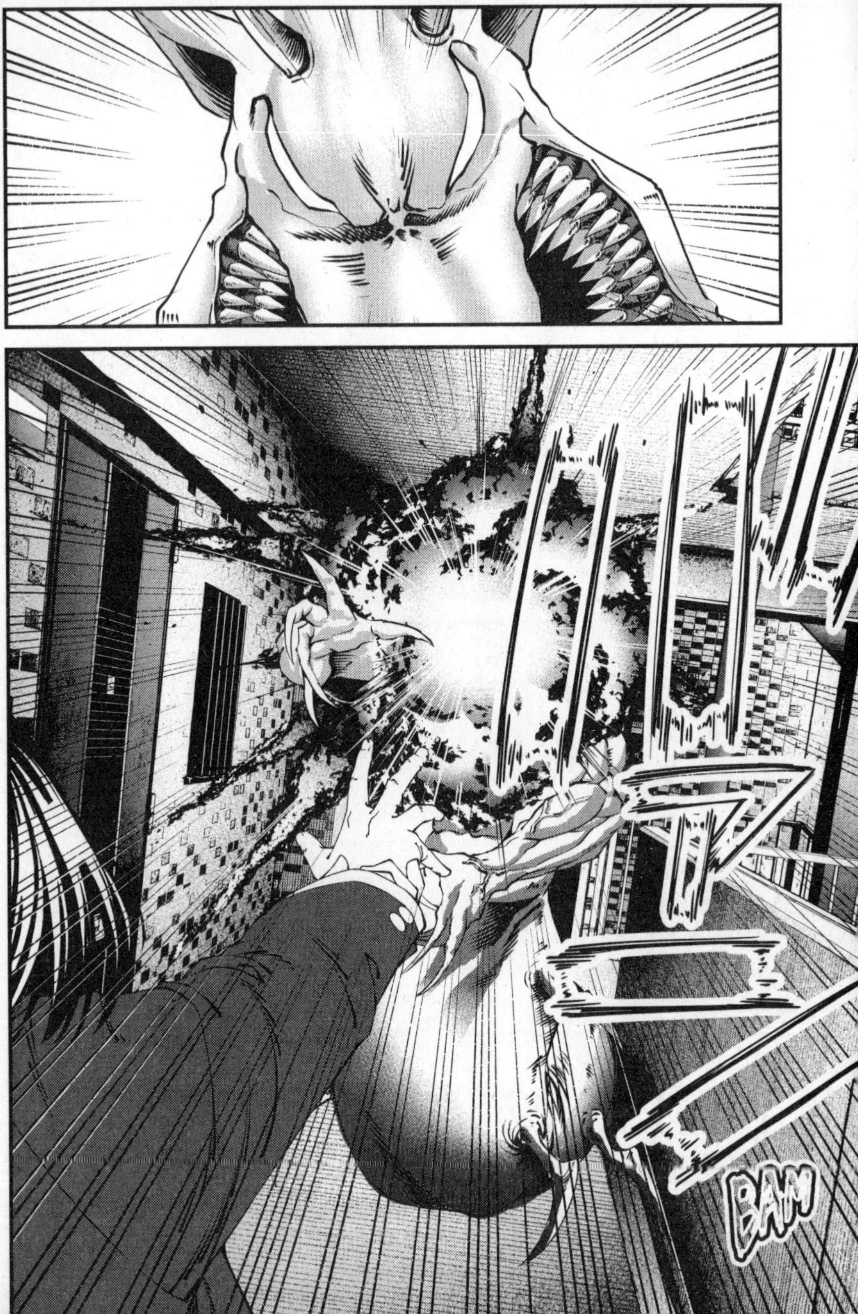
BAM

OUAH !
HAA ...
HAA ...
ボオォォォ
GWOOO
ALORS ?!
オォォ...
OOOO
ON FONCE !!
C'EST PARTI !
ダッ
TAP
YAAAAAH !

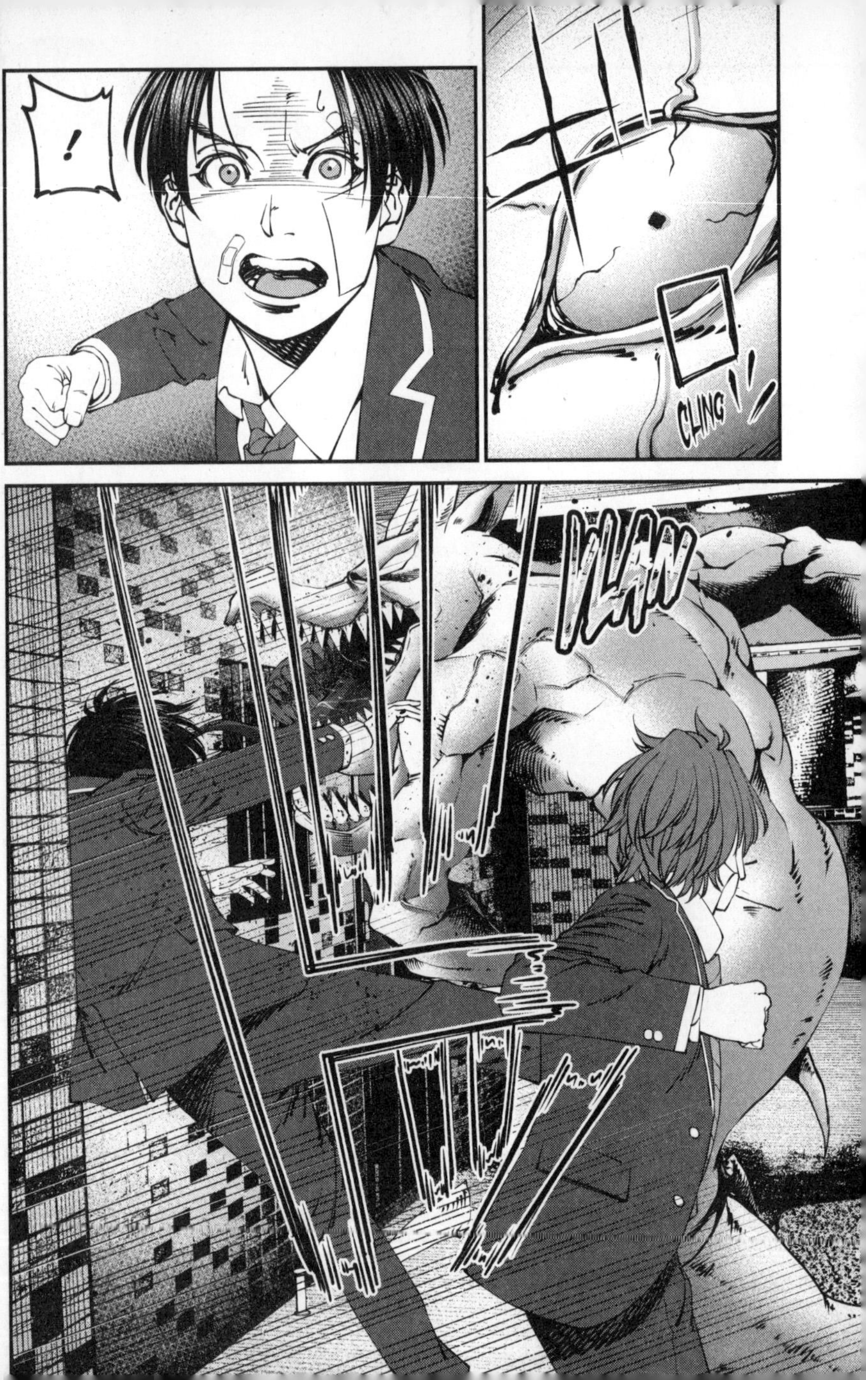

CLING
!
VLAN

SHAO-RIN !
GAAH !
ZAAAH
C'EST FOUTU ...
ÇA MAR-CHERA JAMAIS !

BAM
GYAAAAAH!
GRRRRR

KYAH !
MERDE !
STAP
MERDE !!
STAP
!
CLIC
NON…
JE VAIS ME FAIRE TUER !
QUE…
DING
DONG
HÉ !
CLIC
CLIC
OUVREZ-MOI !
DING
JE VEUX PAS MOURIR !
C'ÉTAIT BEAUCOUP TROP TÔT POUR UNE QUÊTE DE NIVEAU 5…
DONG
CLIC
!

HAA ...
DASH
VLOM
CLIC
!
HAA ...
HAA ...
J'AI EU CHAUD !
OH NON...
JE...
J'AI FUI COMME UN LÂCHE !

SHAO-RIN…
CHAMPI…
PARDON !
JE…
J'ARRIVE PLUS À BOUGER !
BRR
BRR
CLING

GRRRR
EN-FOI-RÉ !
VLAF
ARGH !
GWAWARGH

SBLOM
FAIT CHIER...
LA MAGIE SUFFIT PAS !
ON EST DANS LA MERDE...
GRRRR
SI ÇA CONTI-NUE...
C'EST FINI POUR TOI !

PARDON, LES MECS ! JE VOUS AI FAIT ATTENDRE...
!
JE VOUS LAISSERAI PAS MOURIR !
HOSOGAI ?
GRRRRRR
JE VAIS ME LE FAIRE !

EIKO ASAMI

[START] 11 OCTOBRE

[NIVEAU] 17 ANS

[GROUPE SANGUIN] O

[TYPE] TERMINALE À NAKANOSHITA

[SKILL] HUIT ANS DE JUDO (CEINTURE NOIRE)

[HAUT FAIT] A PARTICIPÉ AU CHAMPIONNAT NATIONAL DE JUDO COLLÉGIEN.

[BOTTE SECRÈTE] ESTOMAC EXTENSIBLE

LEVEL UP DISASTER

BAH ALORS ...
C'EST QUOI CES TRONCHES SURPRISES ?
VOUS PENSIEZ VRAIMENT QUE J'ALLAIS VOUS LAISSER EN PLAN ?
3
JE VAIS PAS VOUS ABANDONNER, LES MECS !
UN HÉROS, ÇA SAUVE SES POTES IN EXTREMIS !
11
LES DÉMONS, DEHORS

* RÉFÉRENCE AU FESTIVAL TRADITIONNEL SETSUBUN QUI A LIEU LE 3 FÉVRIER ET DURANT LEQUEL ON JETTE DES HARICOTS POUR CHASSER LES DÉMONS, NDT.

LES DÉMONS, DEHORS !
BAM

ET HOP...
C'EST DANS LA POCHE !
!
GRRRR
HEIN ?
KKRRRSSSH
MAIS NAAN...
AAAAAAH !
C'EST PAS CE QUI ÉTAIT PRÉVU !

L'ENFOIRÉ…
IL OSE SE TIRER UNE DEUXIÈME FOIS !
DES GRAINES ?
HMM…
IL LES A TROUVÉES OÙ ?
!
AH, ÇA ME RAPPELLE L'INDICE !
INDICE
LORSQUE LES DÉMONS AURONT DIMINUÉ, LA FORCE POUR LES VAINCRE IL VOUS FAUDRA CHERCHER.
Les démons, dehors !
chance, dedans !
MAIS ÇA N'A PAS DU TOUT MARCHÉ…
POURTANT, IL FAUT BIEN LEUR JETER LES HARICOTS…
MAIS OUI !
HAA…
HAA…
HAA…

BWAAARGH
GYAH !!
JE DOIS TROUVER UNE IDÉE...
STAP
STAP
OU IL VA ME TUER !

MASQUE D'APOLLON
POINTS REQUIS : 6
PV CONSOMMÉS : 2
PENDANT 60 SECONDES, VOTRE VISAGE S'APPROCHE DE LA PERFECTION.
QUEL ABRUTI ! POURQUOI J'AI DÉPENSÉ MES POINTS DANS UNE COMPÉTENCE PAREILLE ?
CLING
J'AURAIS JAMAIS CRU ME RETROUVER DANS UNE QUÊTE AUSSI HORRIBLE...
"MASQUE D'APOLLON" ?
INTÉRESSANT...
OH !
IL EST TROP BEAU !
!
JE SAIS !

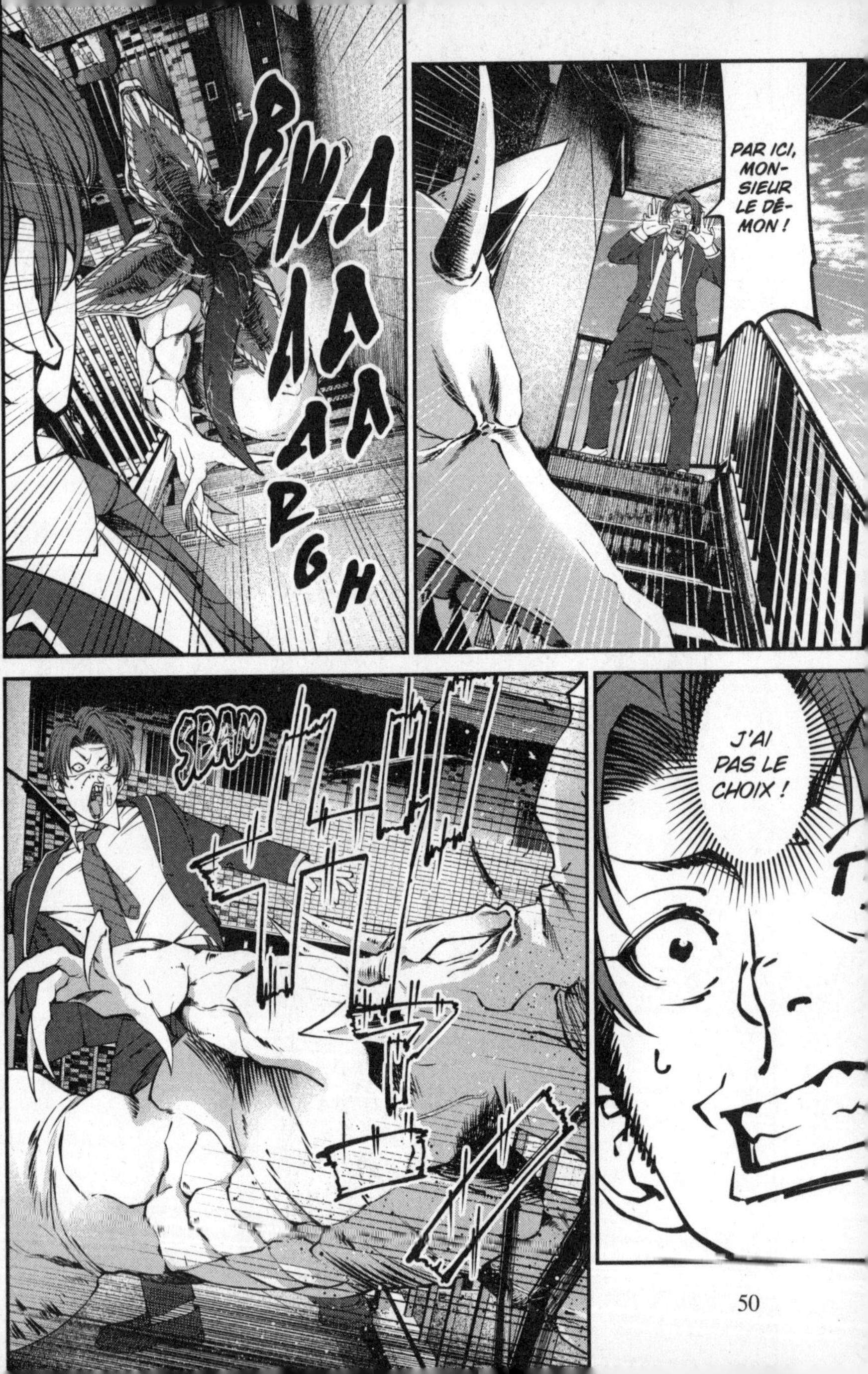
BWAAAAAARGH
PAR ICI, MONSIEUR LE DÉMON !
J'AI PAS LE CHOIX !
SBAM

NICKEL…
COMME PRÉVU !
KRRR
KRRR
ALLEZ, TOMBE !
GRRRRRR
OH NON…
BWAAAAARGH

VLOOOOOOOM

BAM
!
SHAORIN !
MANGE !
QU'EST-CE QUI EST ARRIVÉ À TON CORPS ?!
HEIN ?!
SÉRIEUX ?
SI TU AVALES CE HARICOT, TU POURRAS LE BATTRE !
C'EST ...
OUAIP.
C'EST UN BOOST !
AVEC, TU PEUX RENFORCER TES STATS !
SCRONCH
SCRONCH
GLOUPS

DOBOM
JE…
J'AI CHAUD !
PSSSH
AH !
AAAAH !
ATTAQUE +10
VITESSE
ESPRIT +10
DÉFENSE
STAP
GRRRR
IL EST CORIACE, L'ENFOIRÉ …

AU PANIER !
VLAAAM
IL BOUGE PLUS !
ON Y VA !
ALLEZ !
CLING
COMPÉ-TENCE ACTIVÉE !
VOUISH
ALTÉRATION
POINTS REQUIS : 6
PM CONSOMMÉS : 2
INFUSE UN OBJET DE MAGIE ET LE TRANSFORME EN ARME PENDANT 60 SECONDES.

AT-TAQUE ALTÉ-RÉE !
OURA-GAN D'APOL-LON !

FFSSSSSH
ズゥゥゥーン

テテテテレレ
TUT TUT TUT TUT
QUÊTE ACCOMPLIE
デッテレー
TUT TUT TUT

ON L'A FAIT !
POF
OH ?!
UN COF-FRE !
TADAM
TROP BIEN !
OUAH !
UN PASS DONJON ?
IL A L'AIR DE DONNER ACCÈS À UN DONJON RARE !
CLEAR !
TUEZ LES DÉMONS
ANT QU'ILS NE VOUS TUENT
ÉCOMPENSES
PASS DONJON
REFUSER
ACCEPTER
PASS DONJON
UN TICKET PERMETTANT L'ACCÈS À CERTAINS DONJONS. ON DIT QU'IL SE REVEND À PRIX D'OR.

CLAP
?!
CLAP
CLAP
CLAP
BIEN JOUÉ.
C'ÉTAIT DU BON TRAVAIL D'ÉQUIPE !

ÇA VOUS DIRAIT PAS…
DE RE-JOINDRE NOTRE GUILDE ?

AIMI UKYÔ

[START] 23 AVRIL

[NIVEAU] 18 ANS

[GROUPE SANGUIN] B

[TYPE] TERMINALE À NAKANOSHITA

[SKILL] TROIS ANS DE FLÛTE

[HAUT FAIT] PRIMÉE LORS D'UN CONCOURS DE PIANO (À L'ÉCOLE PRIMAIRE).

[BOTTE SECRÈTE] COMPOSITION MUSICALE

LEVEL UP DISASTER

QUE ...
12
LE SOURIRE DU DIABLE
OUI, ALLÔ ...
IL Y A DES TYPES ÉTRANGES DANS NOTRE RÉSI-DENCE...
MAMAN ! REGARDE !

LE MONSIEUR, IL VOLE !

NOUS AUSSI, ON VOULAIT LA FAIRE, CETTE QUÊTE...
MAIS ON EST ARRIVÉS UN POIL TROP TARD.
J'EN AI QUAND MÊME PROFITÉ POUR OBSERVER COMMENT VOUS VOUS BATTEZ.
VRAIMENT, VOUS BOSSEZ BIEN EN ÉQUIPE !
COM-MENT ?
LUI AUSSI DISPOSE DE CAPACITÉS D'OBSERVA-TION HORS DU COMMUN ?!
MEIL-LEURES QUE LES TIENNES, C'EST SÛR !
J'AI PRESQUE VERSÉ UNE LARME, QUAND JE VOUS AI VUS VOUS BATTRE POUR PROTÉGER VOS AMIS...
MAIS ...

VOUS AVEZ BIEN FAILLI LES PERDRE.
VOUS AVEZ EU DU BOL, C'ÉTAIT SEULEMENT DU NIVEAU 5.
"SEULEMENT" ?
DES QUÊTES BEAUCOUP PLUS DANGEREUSES VOUS ATTENDENT.
VOUS AVEZ DÛ LA RESSENTIR...
LA PEUR DE MOURIR !
ON N'EST PAS DANS UN JEU...
C'EST BEL ET BIEN LA RÉALITÉ.
LE GAMEPLAY ÉVOLUE VITE, VOUS ÊTES EN DANGER.
CE SERAIT REGRETTABLE QUE DES ÉLÉMENTS AUSSI PROMETTEURS FINISSENT EN PÂTÉE POUR MONSTRE.

TOUT IRA BIEN…
SI VOUS REJOIGNEZ NOTRE GROUPE !
PLUSIEURS CAMARADES FIABLES ET PERFORMANTS ONT DÉJÀ RALLIÉ NOS RANGS.
NOUS PARTAGEONS LES QUÊTES ET LE LOOT !
OBJET
MAIS SURTOUT, NOUS CENTRALISONS TOUTES LES INFOS CRU-CIALES POUR COMPRENDRE CE NOUVEAU MONDE !

BREF, VOUS LE SAVEZ DÉJÀ...
POUR SURVIVRE, IL FAUT LA JOUER COLLECTIF !
VITALITÉ
ATTAQUE
MAGIE
ESPRIT
DÉFENSE
VITESSE
EN SOLO, IMPOSSIBLE DE RÉUSSIR, MAIS EN S'Y METTANT À PLUSIEURS, NOUS AVONS TOUTES NOS CHANCES.
JE VEUX CRÉER LA GUILDE LA PLUS PUISSANTE DU PAYS.
SI...
LE JAPON ÉTAIT UN GÉANT, ELLE SERAIT SON BRAS ARMÉ !
ET VU VOS PROUESSES D'AUJOURD'HUI, VOUS Y MÉRITEZ UNE PLACE.
OUVREZ VOTRE MENU.
BZZZT
!
BIP
BIP

GUILD INVITATION
BLOODY ANGELs
ENTRER DANS LA GUILDE ?
OUI
NON
IL FAUT ÊTRE DE NIVEAU 3 OU PLUS POUR ENTRER.
CRÉER OU REJOINDRE UNE GUILDE, C'EST OBTENIR DES PRIVILÈGES…
ET ACCÉDER À DES QUÊTES EXCLUSIVES !
BLOODY… ANGELS ?
CE NOM PRÉTENTIEUX ME DIT QUELQUE CHOSE…
OÙ EST-CE QUE JE L'AI VU ?
ANGE ENSANGLANTÉ
@saturipeaceful
LE RIDEAU SE LÈVE SUR LE NOUVEAU MONDE…
TWEET
AH ! C'EST CE PSEUDO…
L'ANGE ENSANGLANTÉ !
MAIS OUI !
AVEC UNE PHOTO PAREILLE, C'EST FORCÉMENT LUI !
ALORS C'EST TOI, L'ANGE ENSANGLANTÉ !
AVEC UN PSEUDO COMME ÇA, J'IMAGINAIS UN GAMIN ! MAIS T'AS PAS LA TÊTE DE L'EMPLOI !
HÉ !
T'AS DÉPENSÉ TOUS TES POINTS POUR TE LA PÉTER DANS LES AIRS…
ET COLLER À TON PSEUDO D'ANGE ?
HEIN ?
TU VEUX SAVOIR POURQUOI JE VOLE ?
POF

CRAC
TOUT SIMPLEMENT POUR PUNIR LES MORVEUX QUI ME MANQUENT DE RESPECT.
AAAARGH !
AH AH AH !
J'ADORE ...
ENTENDRE LA SOUFFRANCE DANS UNE VOIX !
ET VOIR VOS TRONCHES AHURIES ET TERRIFIÉES !
T'ES MALADE OU QUOI ?!
OH ?
AH... PARDON !
POURTANT, JE ME SUIS RETENU...

ET PAS QU'UN PEU, QUAND JE REPENSE…
AU SORT DE MES PETITS CAMA-RADES.
APRÈS TOUT…
ON EST ALLIÉS, NON ?

BIP
BIP
"ALLIÉS" ?
PFF...
ÉFUSÉ.
INVITATION FAILURE
INVITATION REFUSÉE.
QUEL GENRE DE TARÉ CASSE LE BRAS D'UN MEC DE SON ÉQUIPE EN RIANT ?
TOI, TU VEUX JUSTE DES PIONS À UTILISER !
VOUS ÊTES SÛRS ?
PEUT-ÊTRE QU'AVEC VOUS, LES COMBATS SERAIENT PLUS SIMPLES ET MOINS DANGEREUX...
BRR
BRR
MAIS MOI...
JE SUIS PAS DU GENRE À CHERCHER LA SOLUCE SOUS PRETEXTE QUE C'EST MA PREMIÈRE PARTIE !

DOMMAGE POUR TOI…
MAIS J'AI DÉJÀ CHOISI POUR QUI J'ÉTAIS PRÊT À ME SACRIFIER !
JE SUIS DÉÇU.
J'ÉTAIS PERSUA-DÉ QU'ON DEVIENDRAIT BONS AMIS.
!
STAP

VOUU'SH
AH !
C'ÉTAIT QUOI...
CETTE BOURRASQUE ?
!

MERCI, LES GARS !
BLOODY ANGELS TENMA IDA
MERDE !
NOTRE RÉCOMPENSE !
IL NOUS L'A CHOURÉE !
CETTE ENFLURE A DÉBLOQUÉ UNE COMPÉTENCE LARCIN ?!
POUR VOUS, CHEF.
MERCI, TENMA.
BRAVO !
BEAU BOULOT.
YES !
MERCI BEAUCOUP !
SI VOUS CHANGEZ D'AVIS, CONTACTEZ-MOI…

ET JE VOUS RENDRAI VOTRE RÉCOM-PENSE !
PAS SI VITE !
STAP

VIVUUM
ニュイイイー
CLAC
ガチャーン
!

SHAO-RIN !
BOUM
KARIN, CE SONT DES DÉBUTANTS...
TU Y VAS UN PEU FORT !
JE PRÉFÈRE PAS PRENDRE DE RISQUE.
BON, JE FILE...
CE RDV CHEZ L'ESTHÉTICIENNE NE VA PAS SE PRENDRE TOUT SEUL.
BLOODY ANGELS
KARIN ANDÔ
GRRR
JE TE SENS TENDUE... TU SAIS QUE LE STRESS N'EST PAS BON POUR LA PEAU ?
MERCI...
RYÛ.
CLIC CLIC CLIC

TOUJOURS LÀ POUR NOUS SAUVER LA MISE...
PFF...
BAH...
BLOODY ANGELS
RYÛJI HAGANE
C'EST RIEN.
MH...
IL...

IL EST SUPER BALAISE !
TU VEUX UNE SU-CETTE ?
PFF...
NON MERCI...
MH...
!
BROLOOOM
ゴロゴロ...
ON DIRAIT QUE ÇA VA BIENTÔT COMMENCER ...
LE VRAI COMBAT NOUS ATTEND !
BLOODY ANGELS
CHEF ????
(PSEUDO : ANGE ENSANGLANTÉ)

SHÔTARÔ TAMAKI

[START] 6 AOÛT

[NIVEAU] 18 ANS

[GROUPE SANGUIN] B

[TYPE] TERMINALE À YARIRA

[SKILL] HUIT ANS DE SHOGI

[HAUT FAIT] DEUXIÈME PLACE AU TOURNOI JUNIOR DE SHOGI DE TOKYO.

[BOTTE SECRÈTE] EXPLOITER LA FAIBLESSE DE SES ADVERSAIRES

LEVEL UP DISASTER

SI VOUS APERCEVEZ CES CRÉATURES DANGEREUSES, N'AGISSEZ PAS EN SOLITAIRE.
CONTACTEZ IMMÉDIATEMENT LA CELLULE D'URGENCE MISE EN PLACE POUR L'OCCASION.
13
MENACE GRONDANTE
FLIPPANT !
APPAREMMENT, ELLES SONT PARTOUT DANS LE PAYS !
ET EN PLUS, ILS EN ONT TROUVÉ PLEIN À TOKYO.
ON DIT QUE TOUS CEUX QUI ENTRENT EN CONTACT AVEC ELLES PERDENT LA TÊTE !
D'AILLEURS UN FOU FURIEUX A ÉTÉ ARRÊTÉ À SHIBUYA !
C'EST VRAI, TU CROIS ?
CE SONT DES ALIENS ?
CRYPTIDES
SHORTS
VACHETTE 30 056 VUES
ANALYSE 8
QU'EST-CE QUI SE PASSE VRAIMENT ?
SERPENT DE L'OMBRE 134 000 VUES IL Y A DEUX JOURS
SHORTS

IL SE PASSE PLEIN DE TRUCS BIZARRES EN CE MOMENT, NON ?
COMME CES TROIS MECS, LÀ...
KOBAYASHI ET SES POTES ?
J'AVOUE, JE SUIS SURPRISE !
J'ARRIVE PAS À CROIRE QU'ILS ONT FOUTU UNE RACLÉE À DES TYPES DE YARIRA !
EN FAIT, ILS SONT GRAVE BALAISES !
ILS PAIENT PAS DE MINE, POURTANT, AVEC LEURS DÉGAINES DE GEEKS...
MAIS TROP !
J'AVAIS MÊME PAS CAPTÉ QU'ON ALLAIT DANS LE MÊME LYCÉE.
JE...
JE NE SUIS PAS D'ACCORD !
SI ON PREND LE TEMPS DE DISCUTER AVEC EUX...
EH BIEN, ILS SONT PLUTÔT COOL.

HI HI HI !
ÇA CHANGE TOUT, QUAND ON SE FAIT SAUVER D'UNE BANDE DE CRÉTINS !
ON SE CROIRAIT DANS UNE COMÉDIE ROMANTIQUE, JE SUIS JALOUSE !
BON, MOI, JE PRÉFÈRE LES BEAUX GOSSES À LA KENTO YAMAZAKI…
AU MOINS, ON SAIT QUE NANBA CRAINT GRAVE.
S'ENFUIR EN TE LAISSANT TOUTE SEULE…
JE SUIS HYPER DÉÇUE !
JE CROYAIS QUE C'ÉTAIT UN MEC COURAGEUX, SPORTIF COMME IL L'EST…
BAH, C'EST COMME ÇA…
IL ÉTAIT DÉPASSÉ ET IL A EU PEUR, C'EST TOUT.
AH !

PÂTISSERIES DU MONDE ENTIER PAR MILLIERS !
BY
IMEMACHI
OKYO FUTURE TREE
QU'EST-CE QUE C'EST ?
ÇA A L'AIR SYMPA !
DES PÂTISSERIES DU MONDE ENTIER…
OH ! TROP BIEN !
C'EST À LA TOUR FUTURE TREE…
ON Y VA ?
TOUT DE SUITE ?
ALLEZ ! ON A PAS COURS DEMAIN !
TULULUT
EN TRAIN, C'EST DIRECT.
ÇA A L'AIR BON !
AVEC MAKOTO ET YOSHITO, ON EST À ASAKUSA.

CE NE SERAIT PAS…
KOBAYASHI ? LE SUPER-HÉROS LÉGENDAIRE ?
VOUS EN ÊTES OÙ, TOUS LES DEUX ?
HEIN ?
COMMENT ÇA ?
ON EST JUSTE AMIS !
TE FOUS PAS DE NOUS !
VOUS DISCUTEZ TOUS LES JOURS.
OH !
ILS SONT À ASAKUSA ?
IL ME DIT…
POUR-QUOI ?
QU'ILS CHERCHENT DES LAN-TERNES TRADITION-NELLES.
DES QUOI ?
MAIS SI, TU SAIS…
CELLES UTILISÉES DANS LES PIÈCES DE THÉÂTRE !
AH !
J'AI UNE IDÉE !

バサ バサ
FLAP FLAP
GWOOOOOO
IL EST LÀ !
VOUS ÊTES PRÊTS ?
OUAIS !

SBAAAM
DE GLACE !
BARRIÈRE ...
CRAC
CRAC
FLASH DE CHARISME !
VAF
GWAAAAH

CRAAAAC
FRRRSSSSH
ズゥーン…

TURURUT
TURURUT
GAIN DE NIVEAU !
SHÔRI KOBAYASHI
NIVEAU 12
ÇA FAIT UNE SEMAINE…
OBJETS OBTENUS
ACCEPTER
REFUSER
BOUGIE ÉTERNELLE
UNE BOUGIE ÉTRANGE QUI NE S'ÉTEINT JAMAIS. VOUS POUVEZ VOUS EN SERVIR COMME D'UNE LANTERNE.
À FORCE DE COURIR PARTOUT, ON A ATTEINT LE NIVEAU 12.
MAIS ÇA NE SUFFIT TOUJOURS PAS !
ON DOIT DEVENIR…
ENCORE PLUS FORTS !
SCRONCH
SCRONCH
FAIT CHIER…
TOUT LE PAYS S'EST MIS EN MOUVEMENT.
SUR LES RÉSEAUX, ON VOIT DE PLUS EN PLUS D'INFOS SUR LES MONSTRES CIRCULER !
ESPRITS DIVINS…

VIOUUUF
ACCORDEZ-MOI LA FORCE DE ME SOIGNER !
AH AH AH AH !
OH !
UNE MAGIE DE SOIN...
TU AS ENFIN RÉUSSI À L'OBTENIR !
JE SUIS COMPLÈTEMENT GUÉRI !
GÉNIAL !
TON BRAS EST COMME NEUF !
AVEC CE NOUVEAU SORT, ON SERA PLUS SEREINS LORS DES PROCHAINES BASTONS !

GRÂCE À LUI, JE SERAI BIENTÔT RICHE…
JE VAIS DEVENIR UN SUPER MÉDECIN !
MAINS DIVINES
PFF…
IL PERD PAS LE NORD, LUI…
C'EST MOCHE.
VOS DÉSIRS SUPERFICIELS VOUS MÈNENT PAR LE BOUT DU NEZ…
LA RICHES-SE ?
LA RENOM-MÉE ?
TOUT ÇA N'A AUCUN INTÉRÊT.

UNE TECHNIQUE…
DE CLONAGE ?!
EH OUI, JE TRACE MA PROPRE VOIE.
カシャ
CLIC
カシャ
CLIC
C'EST AUSSI SIMPLE QUE ÇA.
AUJOURD'HUI ENCORE, J'AVANCE UN PAS APRÈS L'AUTRE… JE CONTINUE D'ÉVOLUER, SANS CESSE… CELA S'ARRÊTERA-T-IL UN JOUR ? #MOIVSMOI #SANSLIMITES #DÉFI
LA VOIE DE LA BÊTISE, OUAIS.
TOI AUSSI, TU VEUX TE LA PÉTER!
ピロリーン
BIP BIP

?!
HIMENO M'A ENVOYÉ UN MESSAGE !
ON EST EN ROUTE POUR LA FUTURE TREE, RETROUVEZ-NOUS SI ÇA VOUS DIT !

TCHACA
TCHACA
TCHACA
TCHACA
TCHACA
TCHACA
CLING
CLING
JE N'EN REVIENS PAS...
À PARTIR DU NIVEAU 10, LES BALLES NE CAUSENT DONC PLUS AUCUN DÉGÂT EXTERNE...
C'EST EXTRA-ORDINAIRE.
C'EST DIFFICILE À CROIRE.
ET IL N'Y A PAS QUE LES COM-PÉTENCES PHYSIQUES QUI S'AMÉ-LIORENT...

class B
À CHAQUE NOUVEAU NIVEAU OBTENU, ON ACQUIERT DES POINTS QU'ON PEUT DÉPENSER…
class A
AFIN DE DÉBLOQUER DES COMPÉTENCES VARIÉES.
ET SI UN CRIMINEL PROFITAIT DE CE SYSTÈME ?
class S
IL N'Y A AUCUNE INQUIÉTUDE À AVOIR.
ZWIM

NOUS AVONS DÉJÀ CONSTITUÉ UNE UNITÉ D'ÉLITE.

NOUS SOMMES PARÉS À TOUTES LES ÉVENTUA-LITÉS.
VROUUUUUM
ブルルルルルルッ
FLAP
バタ
FLAP
バタ
UNE GRANDE CATASTROPHE EST PRÉVUE, MAIS NOUS FERONS EN SORTE QUE LES DÉGÂTS SOIENT MINIMES.
FLAP
バタ
FLAP
バタ
UNE CATAS-TROPHE ?
PEUT-ON EN SAVOIR PLUS ?!
POUR L'INS-TANT, TOUT SEMBLE SE DÉROULER COMME NOUS L'AVONS PRÉVU.

UNE PUISSANTE CONCENTRATION D'ÉNERGIE EST EN TRAIN DE SE PRODUIRE…
AH !
DÉSOLÉ !
ON VOUS A FAIT ATTENDRE !
SALUT !

ANGE
ENSANGLANTÉ
???????
[START] ???
[NIVEAU] ???
[GROUPE SANGUIN] ???
[TYPE] ???
[SKILL] ???
[HAUT FAIT] ???
[BOTTE SECRÈTE] ???

LEVEL UP DISASTER

14
COUP DE TONNERRE
FLAP FLAP
バタバタ
CETTE TOUR HAUTE ET FUSELÉE…
EST L'ENDROIT IDÉAL POUR UNE CONCENTRATION D'ÉNERGIE !
FLAP
バタ
FLAP
バタ
TOKYO Yumemachi
VOUS SAVIEZ QUE C'EST LA PLUS HAUTE DU JAPON ?
ELLE A ÉTÉ CONSTRUITE SUR UNE LIGNE IMAGINAIRE RELIANT…
LE MONT FUJI, LE PALAIS IMPÉRIAL ET LES SANCTUAIRES MEIJI ET KASHIMA.
ON DIT QUE C'EST LE CŒUR ÉNERGÉTIQUE LE PLUS PUISSANT DU JAPON !

ET DONC, LES SOUHAITS EFFECTUÉS TOUT EN HAUT DE LA FUTURE TREE SE RÉA-LISERAIENT !
ÇA TE DIT DE MONTER AU SOMMET AVEC MOI ?
OH !
JE...
JE N'EN SAVAIS RIEN.
ÇA FAISAIT SUPER LONGTEMPS QUE J'AVAIS PAS FAIT UN DATE À PLU-SIEURS !
DEPUIS LE COLLÈGE, JE DIRAIS...
JE PERDS TOUS MES MOYENS QUAND JE SUIS PAS EN SOLO !
C'EST DOM-MAGE !
PFF...
CES DEUX-LÀ VONT FAIRE TOMBER À L'EAU NOTRE PLAN !

ALLEZ !
SAKU-RAKO !
HEIN ?
VIENS PAR ICI…
GWIP
ÇA VA…
SHAO-RIN ?
T'AS PAS L'HABITUDE DE TRAÎNER AVEC DES NANAS…
PRENDS EXEMPLE SUR MOI, SI TU STRESSES !
!
STAP

HÉ, TOI !
BOUM
ON FAIT ÇA ENSEMBLE ?
TOUTE SEULE, ÇA ME FAIT TROP FLIPPER !
HEIN ?
QUOI ?!
STOP !
TA MAIN !
VENEZ RENCONTRER DES MONSTRES MIGNONS !
MAISON HANTÉE AVEC MONSTRES EN SUCRE
ÇA...
ÇA FAIT PAS SI PEUR QUE ÇA.
IL VA S'EN SORTIR ?
T'ES...
T'ES UNE GAMINE, OU QUOI ?
?!
GWIP

HOP !
ON TE CONFIE SAKURAKO, KOBAYASHI !
CE SALE NABOT !
POUR QUI IL SE PREND ?!
BON... TU M'OFFRES UN TRUC À GRIGNOTER ?
!

BOING
HM...
JE PENSE QUE JE VAIS PRENDRE À EMPORTER !
JE T'OFFRE TOUT CE QUE TU VEUX.
AH !
C'EST VRAI ?!
TU AS LES CROCS ?
TROP BIEN !
TSS...
IL EN FAUT PEU POUR TE SATIS-FAIRE, TOI !

J'AI L'IM-PRESSION DE RÊVER.
TOKYO FUTURE TRE
MAIN ENTRANCE
HIMENO, L'ÉLUE DE MON CŒUR…
ET MOI…
MARCHONS CÔTE À CÔTE.

CE JOUR LÀ, TOUT A CHANGÉ !
MA VIE N'EST PLUS LA MÊME, DEPUIS !
CETTE ÉTRANGE MISE À JOUR...
EXIT
A CHAMBOULÉ NOS EXISTENCES.

RIEN N'EST PLUS PAREIL !
OUAH !
LA VUE EST INCROYABLE !
J'AI VRAIMENT L'IMPRESSION D'AVOIR ATTERRI DANS UN AUTRE MONDE.

JE VEUX POUVOIR CONTEMPLER SON SOURIRE...
POUR L'ÉTERNITÉ.
!
ZUT !
ELLE A CAPTÉ QUE JE L'OBSERVAIS !
OH NON...
QUE DIRE ? JE SUIS STRESSÉE !
MMMH...
ALLEZ, SAKURAKO !
EIKO ET AIMI ONT ORGANISÉ TOUT ÇA POUR TOI !
PFIOU...

KI…
KINOSHITA EN A PARLÉ TOUT À L'HEURE…
TU SAIS, DU FAIT QUE LA FUTURE TREE CANALISE BEAUCOUP D'ÉNERGIE…
ET QUE LES SOUHAITS QU'ON FAIT ICI SE RÉALISENT !
OU…
OUI !
DIS, KOBAYASHI…
SI TU POUVAIS VOIR UN VŒU S'EXAUCER, LEQUEL TU CHOISIRAIS ?
HMM…
UN SEUL VŒU ?
PAPAM PAPAM PAPAM PAM PAM PAM PAM
JE…
JE PEUX PAS BALANCER ÇA !
ET…
ET TOI, HIMENO ?
MOI ?!
EUH…
JE…

J'AI… J'AI UNE IDÉE !
HEIN ?
ON LE DIT EN MÊME TEMPS ?
DÈS QUE CE RAYON DE SOLEIL AURA DISPARU !
SAKURAKO ET KOBAYASHI SONT EN HAUT DE LA TOUR !
C'EST QUI…
CETTE FILLE ?
TIENS ?
LES NUAGES S'AGGLU-TINENT…
BROLOM ゴロ
BROLOM ゴロ…
BIZARRE, À LA MÉTÉO, ILS AVAIENT ANNONCÉ DU BEAU TEMPS !

AH !
LE RAYON …
HEIN ?
OH !
BON …
ALORS …
JE FAIS QUOI, MOI ?
OH LÀ LÀ…
QU'EST-CE QUE JE VAIS LUI DIRE ?
UN…
DEUX, TROIS…
EST-CE QUE J'AI LE DROIT …
DE M'EX-PRIMER EN TOUTE FRANCHISE ?
FLASH

CRAAAC
CRAAAC
CRAAAC

AH !
AAH !
TU VAS BIEN ?
OUI !
JE N'AI RIEN !
QU'EST-CE QUI SE PASSE ?
HEIN ?

JE...
JE NE COMPRENDS PAS...
WOOSH
BIP BIP
QUÊTE PRINCIPALE
UNE CALAMITÉ VENUE DU CIEL
PURIFIEZ LA TOUR CÉLESTE DE LA
MENACE QUI S'EST ABATTUE SUR EL
RÉCOMPENSES
UNE QUÊTE ?!

QUELQUE CHOSE DE BIZARRE …
EST APPARU DEVANT MOI !
C'EST QUOI CE MACHIN ?
UNE "QUÊTE" ?
QUÊTE PRINCIPALE
UNE CALAMITÉ VENUE DU CIEL
メキッ SHRAK
メキ SHRAK
メキッ SHRAK
バキ BOM
バキ BOM
バキ BOM
ON EST MAL…

GWAAAAAAAARGH

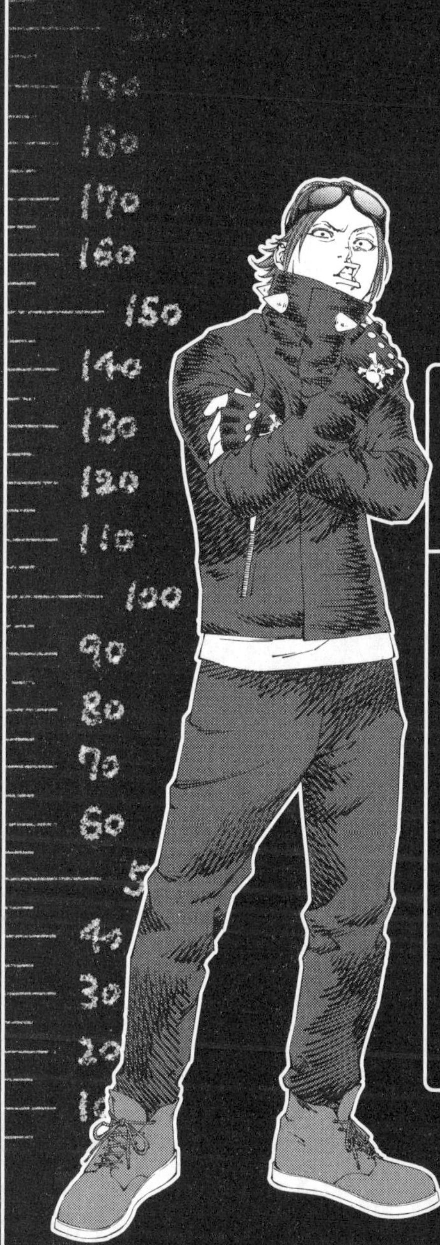

TENMA IDA

[START] 13 DÉCEMBRE

[NIVEAU] 19 ANS

[GROUPE SANGUIN] AB

[TYPE] COURSIER

[SKILL] 9 ANS DE BASEBALL

[HAUT FAIT] A PARTICIPÉ À UN TOURNOI NATIONAL DE BASEBALL COLLÉGIEN.

[BOTTE SECRÈTE] PENSÉE POSITIVE

LEVEL UP
DISASTER

HÉ LÀ !
15
UNE ÉPREUVE VENUE DU CIEL
FU...
QUÊTE PRINCIPALE
UNE CALAMITÉ VENUE DU CIEL
LA FUTURE TREE ?
QU'EST-CE C'EST QUE C'T'HISTOIRE ?
OUAH ! MÉGA CHELOU !
TOI AUSSI, T'AS VU KEK' CHOSE ?

QUE...
QU'EST-CE QUE ...

IL SE PASSE QUOI...
DANS CETTE TOUR ?

UNE QUÊTE PRINCIPALE ?
L'EXPÉRIENCE OFFERTE ET LES RÉCOMPENSES SONT DÉMENTIELLES…
ET IL N'Y A PAS DE NIVEAU RE-COMMANDÉ.
ÇA N'A RIEN À VOIR AVEC D'HABITUDE !
UN BOSS ?!
CONDITIONS DE RÉUSSITE
ABATTRE LE BOSS
COMME DANS LES JEUX, IL Y A DES CONDI-TIONS DE RÉUSSITE…
MAIS…
SI J'UTILISE MES COMPÉ-TENCES ICI…
ELLE SE RENDRA COMPTE …
QUE TOUT ÇA, C'ÉTAIT DU CHIQUE.

SST
スッ
GWAAAARGH
ドサッ
POF
À QUOI JE JOUE, MOI ?!
QU'EST-CE QUE VOUS FOUTEZ ? FUYEZ, VITE !
HÉ OH !
T'ES PAS BIEN, GAMIN !

TU TOUCHERAS PAS À UN SEUL CHEVEU DE HIMENO !
MÊME SI JE DOIS SACRIFIER MA VIE...

JE LA PROTÈ-GERAI JUSQU'AU BOUT !
TCHAC
SLASH

AH !
QU'EST-CE QUI SE PASSE ?!
TAP
TAP
TAP
MERDE …
ILS SONT TROP NOMBREUX !
VITE, FUYEZ !

AAAAAH !
CET ASCENSEUR EST PLEIN !
UTILISEZ L'AUTRE, S'IL VOUS PLAÎT !
HÉ, POUSSEZ PAS !
BOUGE DE LÀ !
HAA !
HAA !

VOUIP
KYAH !
AH !
VITE !
LES MONSTRES N'ONT PAS QUITTÉ LE PÉRIMÈTRE DE LA QUÊTE…
SI ON ARRIVE À DÉCAMPER DE LA FUTURE TREE, ON DEVRAIT S'EN SORTIR.
VROOO
ENCORE FAUT-IL S'ÉCHAPPER…
SI ON SORT …
TOUT IRA BIEN !
GWOOOOO

BOOOOM
AH !
KYAH !
HEIN ?!
IL S'EST ARRÊTÉ !
HÉ, QU'EST-CE QUI SE PASSE ?!
JE…
JE NE SAIS PAS !
L'ASCENSEUR A ÉTÉ CONÇU POUR S'ARRÊTER AUTOMATIQUEMENT EN CAS D'ACCIDENT…
VOUIIIIIP
MAIS SI VOUS PRENEZ LES ESCALIERS DE SECOURS, VOUS POURREZ DESCENDRE JUSQU'AU REZ-DE-CHAUSSÉE !

SKRICH
SKRICH
ON DOIT PRENDRE LES ESCALIERS ?!
SÉRIEUX ?
ON N'EST QU'À MI-CHEMIN…
OH NON…
BOOOOOOM
VITE !
LES MONSTRES ARRIVENT !

BOM
SORTEZ TOUT DE SUITE DE L'ASCENSEUR ! ILS VONT LE FAIRE TOMBER !
BOM
BOM
AAAH !
MAGNEZ-VOUS !

HAA !
KOBA-YASHI !
BAAAAM

HAA...
HAA...
JE SUIS SOULAGÉE...
TU N'AS RIEN.
C'ÉTAIT FOU, KO-BAYASHI !
TU ES UN VRAI HÉROS !
AH !
PARDON.
JE VOULAIS PAS...
TE LE CACHER, MAIS...

BAM
GWIIIP

HIMENOOO!

KARIN ANDÔ

[START] 12 NOVEMBRE

[NIVEAU] 23 ANS

[GROUPE SANGUIN] O

[TYPE] SECRÉTAIRE DE DIRECTION

[SKILL] MISS MINATO PENDANT 5 ANS

[HAUT FAIT] ARRANGEMENT FLORAL

[BOTTE SECRÈTE] LOUP DÉGUISÉ EN AGNEAU

LEVEL UP DISASTER

KYAAAAAAAH !
16
LÀ OÙ SE TROUVE LE BONHEUR

NAAAN !
STOP ! Y A PLUS RIEN À FAIRE.
AR-RÊTE ! TU NE PEUX PLUS LA SAUVER !
HIME-NO !
NON !!
BRRZZZT
MAIS OUI !
JE DOIS BIEN AVOIR UN TRUC...
UNE COMPÉTENCE, POUR LA TIRER DE LÀ !
APERÇU DES COMPÉTENCES

RIEN !
JE SUIS TROP FAIBLE...
POUR LA SAUVER !
TU NE PEUX RIEN Y FAIRE...
CE N'EST PAS TA FAUTE.
JE ME GOURE !
CE JOUR-LÀ, JE NE L'AI PAS SECOURUE PARCE QUE J'EN ÉTAIS CAPABLE...
JE...

STAP
?!
HÉ !
JE L'AI SAUVÉE PARCE QUE JE LE VOULAIS !

JE...
JE VAIS MOURIR ?
NON...

PAPA...
OUIIIN !
QU'EST-CE QU'IL Y A, SAKURAKO ?
TU AS ENCORE FAIT UN MAUVAIS RÊVE ?
TU SAIS...
IL Y AVAIT UN TRÈS GROS LOUP !
POF
NE T'EN FAIS PAS.
JE SUIS À TES CÔTÉS, SAKURAKO.
JE TE PROTÈGERAI TOUJOURS.
C'EST VRAI ?
TON PAPA...
POUR MAMAN ET POUR TOI, IL DEVIENDRAIT PLUS FORT QUE TOUS LES HÉROS DU MONDE RÉUNIS.
BIEN SÛR !
MOI...
MON ENDROIT PRÉFÉRÉ, C'EST DANS TES BRAS.
ILS SONT GRANDS ET RÉCONFORTANTS.
JE ME SENS TRÈS EN SÉCURITÉ.

NON !
RESTE AVEC NOUS, PAPA !
PAR-DON...
SAKU-RAKO.
JE CONTI-NUERAI...
À VEILLER SUR TOI.
PAPA ...
JE T'EN SUP-PLIE !
GRAP
JE SUIS CERTAIN QU'UN JOUR...
TU TROU-VERAS QUELQU'UN QUI T'AIMERA DU FOND DU CŒUR...
ET QUI SERA PRÊT...

À SACRI-FIER SA VIE POUR TOI !

AAAAAAAAAH!

BROLOOOOOM
SSST
CRASH
SI J'AI PU TE SAUVER DES TYPES DE YARIRA, HIMENO…
C'EST GRÂCE À LA PUISSANCE QUE J'AI OBTENUE EN BATTANT UN MONSTRE.
CRASH
JE SUIS UN IMPOSTEUR.
EN RÉALITÉ…
JE SUIS FAIBLE, LÂCHE ET PITOYABLE.
MAIS…

RIEN N'EST PLUS FORT QUE LES SENTIMENTS QUE J'ÉPROUVE POUR TOI !
JE CONTI-NUERAI...
À TE PROTÉ-GER, SANS FAILLE.

JE VEUX QUE TU RESTES À MES CÔTÉS...
POUR TOUJOURS.
COU-RAGE !
ON Y EST PRES-QUE !
LES MONSTRES NE SORTI-RONT PAS DU PÉRI-MÈTRE DE LA QUÊTE !
ON SERA EN SÉ-CURITÉ, UNE FOIS SORTIS DE LA FUTURE TREE !

STAP
?!
C'EST QUOI, CE BROUILLARD ?
STAP
ON Y VOIT RIEN DU TOUT !
ZUT !
TOUJOURS PAS DE RÉSEAU…
TU CROIS QUE TOUT LE MONDE VA BIEN ?
OUI !
ILS NE SONT PAS MONTÉS AU SOMMET DE LA TOUR. JE SUIS SÛR QU'ILS N'ONT RIEN.
ON ARRIVE BIENTÔT À LA GARE !
SI ON PARVIENT À L'ATTEINDRE…
POC

AAH !
PAF
ÇA VA ?!
ÇA V...
OUI !
AAAAH !
VLOM
MERDE...
LES CRÉA-TURES SONT ICI AUSSI ?

FFSSSSSSHHH
FSSSSHH
NON...

1409

SI ÇA SE TROUVE...

CETTE QUÊTE...
S'ÉTEND SUR TOUTE LA VILLE !

RYÛJI HAGANE

[START] 15 AVRIL

[NIVEAU] 39 ANS

[GROUPE SANGUIN] O

[TYPE] CHEF DE LA FAMILLE HAGANE AU SEIN DU CLAN SHÛEI

[SKILL] 22 ANS DANS UN CLAN YAKUZA

[HAUT FAIT] SOULÈVE 200 KG EN DEVELOPPÉ-COUCHÉ.

[BOTTE SECRÈTE] BONSAÏ

LEVEL UP DISASTER

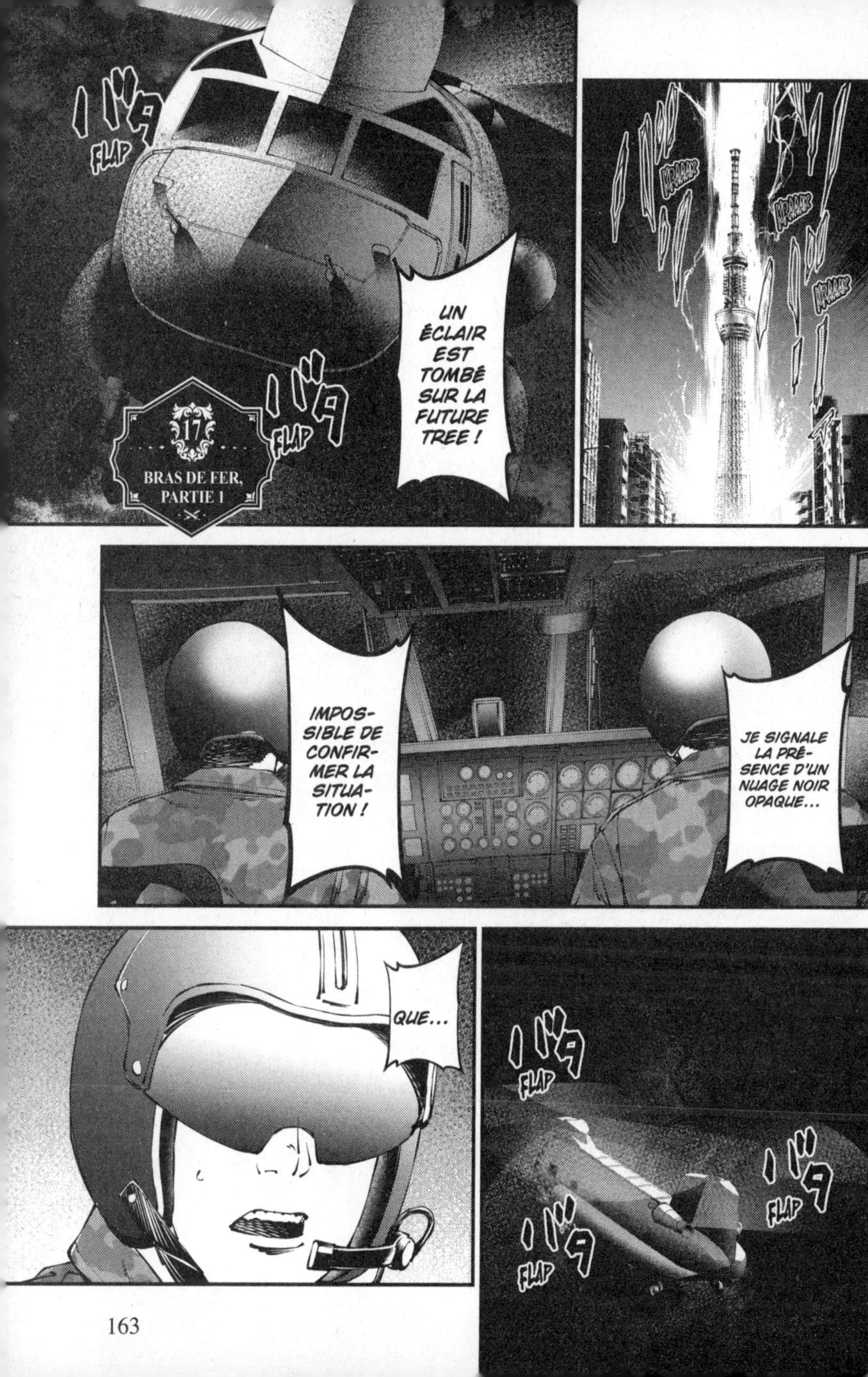
KRAAAK
KRAAAK
KRAAAK
FLAP
FLAP
17
BRAS DE FER, PARTIE 1
UN ÉCLAIR EST TOMBÉ SUR LA FUTURE TREE !
JE SIGNALE LA PRÉSENCE D'UN NUAGE NOIR OPAQUE…
IMPOSSIBLE DE CONFIRMER LA SITUATION !
FLAP
FLAP
FLAP
QUE…

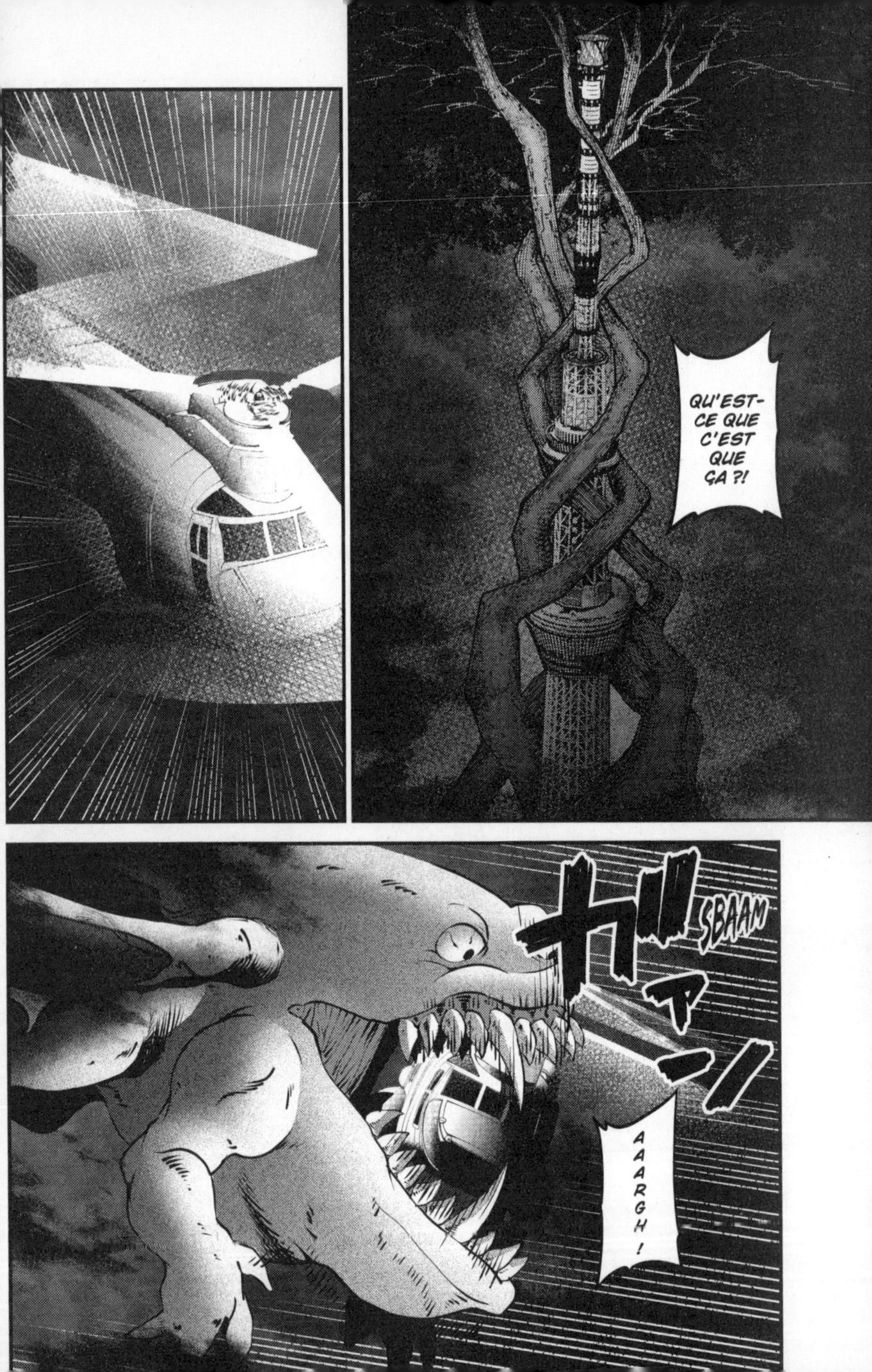
QU'EST-CE QUE C'EST QUE ÇA ?!
SBAAM
AAAARGH !

UNITÉ UN !
RÉPONDEZ !
UNITÉ UN !
CHEF…
NON…
C'EST…
APPEL À TOUTES LES UNITÉS D'ÉLITE !
RENDEZ-VOUS IMMÉDIATEMENT AU SOMMET DE LA FUTURE TREE !
ABATTEZ LE BOSS !

MA COMPÉTENCE DE DÉTECTION M'INDIQUE QU'UNE ÉNERGIE TRÈS PUISSANTE SE CONCENTRE EN HAUT DE LA TOUR.
FLAP
FLAP
DOOOOM
BIEN REÇU.
IL EST TEMPS D'IN-FILTRER LA TOUR.

AAAAAH !
MERDE !
C'EST QUOI CE CAR-NAGE ?

FWIP
CHCHUIP
GYAH !
MAIS QU'EST-CE…
QUI SE PASSE ?
SKRAAAK
FWIIP
SI VOUS VOULEZ PAS MOURIR, RESTEZ PRÈS DE NOUS !

キラ
CLING
キラ
CLING
キラ
CLING
PUISSANCE DÉFENSIVE
+100
PUISSANCE DÉFENSIVE
+100
?!
FIOUUSH
ブゥン
PFF... DIRE QUE C'ÉTAIT MA CHANCE DE BRILLER DEVANT LES FILLES...

ILS ONT L'AIR PLUS CORIACES QUE LES AUTRES !
GWAAAAAARGH

BAM
BAM
?!
BAM

ON VA AVOIR BESOIN DES UNITÉS DE SECOURS…
STAP
ET…
ON A AUSSI TROUVÉ DEUX CIVILS QUI ONT L'AIR D'ÊTRE DES INITIÉS.

GWOOOOOO
オオオオオオ
!
GWAARGH

GWA AH
CHEF !
SCRII
T'AS LA DALLE ?
PAS DE BOL...
SCRII

SCRII
SCRII
J'AI TRÈS MAUVAIS GOÛT !
GWAAAH
MIOM
MIOM

BAAAAM
JE T'AVAIS PRÉVENU.

STAP
CHEF !
NON...
TOUT VA BIEN.
VOUS N'ÊTES PAS BLES-SÉ ?!
VOUS N'AVEZ RIEN ?
ALLEZ !
ON AVANCE.
LE BOSS EST UN PEU PLUS LOIN.

ヒュォオオオ
FOUIIIISH

ドオーン
BOUM

RÉCOMPENSE
BLASON DU MONARQUE
BÉNI PAR LE MONARQUE, LE DÉTENTEUR OBTIENT LE POUVOIR DE CONTRÔLER TOUS LES MONSTRES DE LA ZONE. TANT QU'IL N'EST PAS MORT, LES PRIVILÈGES OCTROYÉS NE PEUVENT PAS ÊTRE TRANSFÉRÉS.
NOUS AVONS PRIS TOUTES LES MESURES NÉCESSAIRES...
POUR QUE PERSONNE D'AUTRE QUE NOUS NE RÉUSSISSE CETTE QUÊTE.

LES CIVILS NE DOIVENT NOUS DISTANCER SOUS AUCUN PRÉTEXTE !

REI KAMISASHI

[START] 22 NOVEMBRE

[NIVEAU] 50 ANS

[GROUPE SANGUIN] A

[TYPE] QG DES RENSEIGNEMENTS DE DÉFENSE (DIH) – MINISTÈRE DE LA DÉFENSE DIRECTEUR DU SERVICE COMMUN (COLONEL)

[SKILL] 28 ANS DANS LES FORCES D'AUTO-DÉFENSE.

[HAUT FAIT] FORME LES RANGERS.

[BOTTE SECRÈTE] INTERROGATOIRES

LEVEL UP
DISASTER

GWAAAAAH
18
BRAS DE FER, PARTIE 2

BAM
MWOOOH!

HIIIII !
AAAAH !

AAAAAAH!
HIIIIIIIIII!
VLOM
ズザァァ
BWAARGH
HAA!
HAA!

FRRSSH
FRSSSH
HEIN ?!
FRSSSH
QUE...
!

バァーン
BOOM
ドォーン
BAAAM
ドォーン
BOUUUM
ドォーン
BAAAM
ドォーン

DOOOM
ザーッ

BOUUUM
ドォーン

BODOM
ドクーン
BODOM
ドクーン
SHKRIII
メキ
SHKRIII
メキ
FSSHHHH

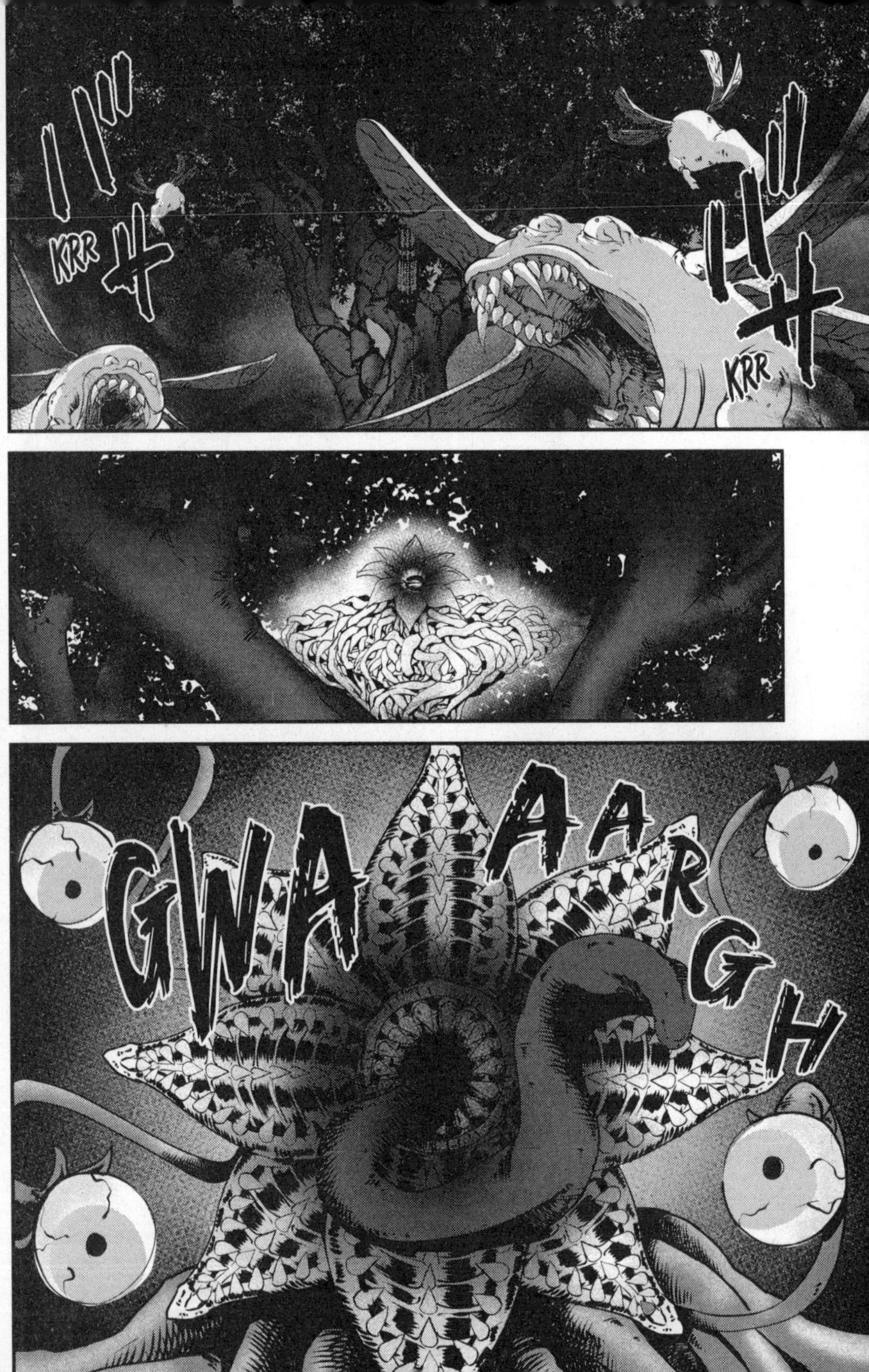

KRR
KRR
GWAAARGH

STAP
C'EST UN CAUCHEMAR…
STAP
LA VILLE EST DANS UN ÉTAT LAMENTABLE…
CHAMPI !
BIGORNO !
J'ESPÈRE QUE TOUT VA BIEN POUR VOUS !
GWOOOO

BAM
SDOOM
?!
FLASH
!
BOUM

GRIP
VLAAAM
SHHHH
LES GARS !
SHAO-RIN !
SAKU-RAKO !
J'ÉTAIS SUPER INQUIET !
PFIOU ! VOUS ALLEZ BIEN !
!

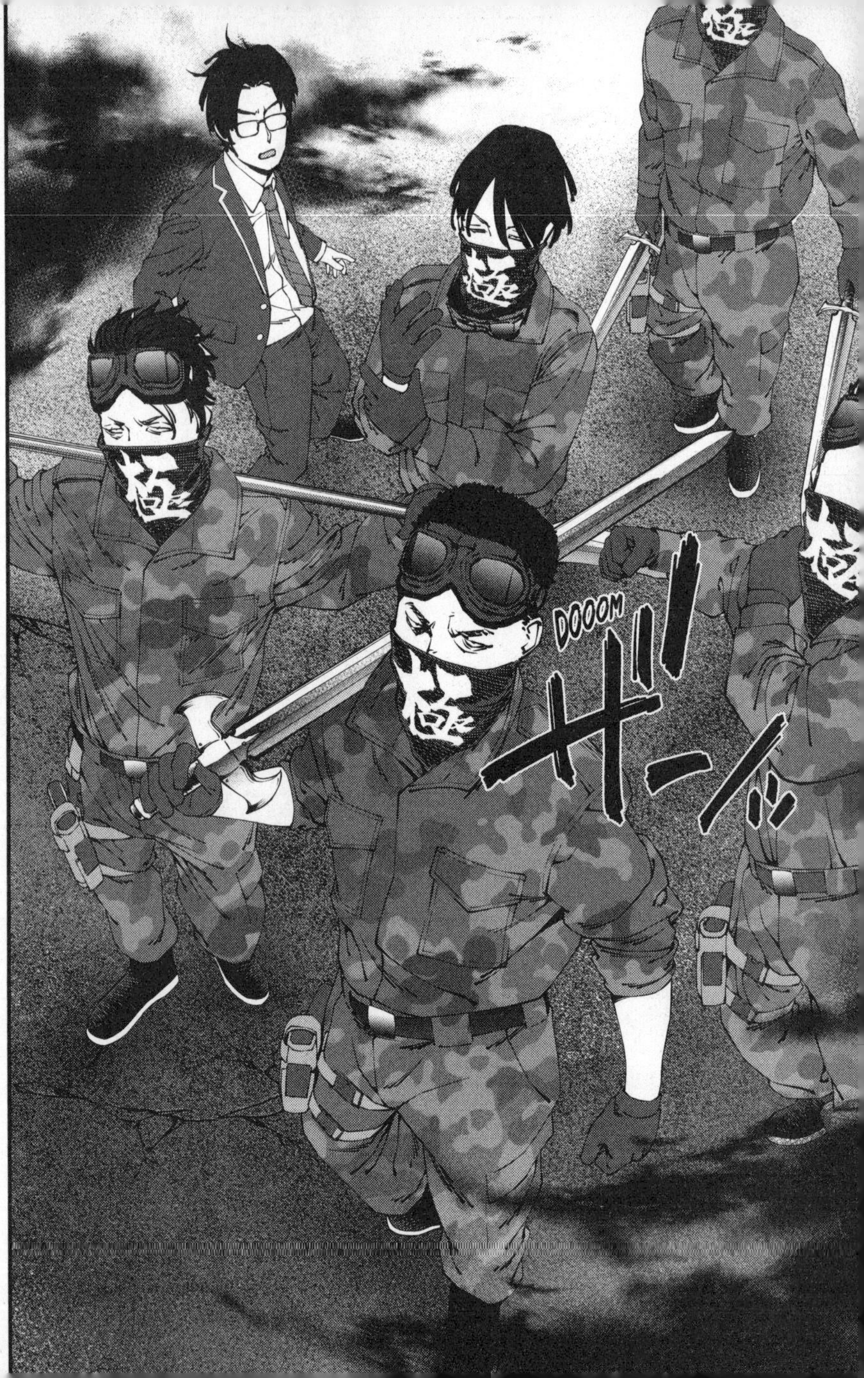
DOOOM
ザーッ

OÙ EN ÊTES-VOUS ?

L'UNITÉ DEUX PROGRESSE À L'INTÉRIEUR DE LA TOUR...

L'UNITÉ TROIS A PU ATTERRIR SANS EN-COMBRE AU SOMMET...
MAIS NOUS SOMMES SANS NOUVELLES DE L'UNITÉ UN.

C'ÉTAIT IN-CROYA-BLE !
L'AR-MURE QUE VOUS AVIEZ TOUT À L'HEURE ...
JE LA VEUX, MOI AUSSI !
DÉGAGE.

J'ÉTAIS SÛR QUE VOUS POUVIEZ RIVALISER AVEC LA VITESSE DE TENMA.
JE N'AI AUCUNE PITIÉ POUR LES GAMINS QUI ME GÊNENT DANS MA MISSION.

EQUIPMEN
MON ARME…
ELLE A DISPARU !
NON…
STEAL SUCCESS !
OBJET OBTENU
ÉPÉE DU ROI OBSCUR
UNE ÉPÉE DONT LE ROI OBSCUR SE SERAIT AUTREFOIS SERVI. SON UTILISATEUR SUBIT UNE MALÉDICTION
MERCI BEAUCOUP !
NOUS, TOUT CE QU'ON VEUT, ON L'OBTIENT.
?!

FOUISH
Y COMPRIS CETTE QUÊTE !
LEVEL UP DISASTER - DIVINE POWER - 02 FIN

LEVEL UP
DISA$TER

Ils existent. Fuyez !

Momo Ayase et Ken Takakura sont deux lycéens que tout oppose. Tandis que la première ne croit qu'aux esprits, le second ne jure que par les extraterrestres. Incapables de se convaincre, ils se lancent alors un défi : Momo devra se rendre dans un hôpital où des créatures de l'espace sont censées se trouver et Ken dans un tunnel hanté... Or, chacun va faire une rencontre d'un autre genre qui va bouleverser leurs vies et lier leurs sorts. C'est le début d'une romance survoltée où l'occulte, le paranormal et le surnaturel se bousculent dans un chaos haletant !

Yukinobu Tatsu
DANDADAN
DISPONIBLE EN LIBRAIRIE
crunchyroll
DANDADAN © 2021 by Yukinobu Tatsu/SHUEISHA Inc.

Depuis l'ouverture du portail...
la guerre des dimensions a commencé...

Dans la ville de Mikado, un portail ouvert sur une dimension parallèle laisse s'introduire de dangereuses créatures surnommées les "Neighbors". Engagés pour protéger les habitants, les membres de l'organisation de défense Border les repoussent à l'aide de mystérieuses armes surpuissantes appelées "Triggers".
Osamu Mikumo, un collégien membre de cette organisation, rencontre Yûma Kuga, un étrange nouvel élève qu'il va bientôt prendre sous son aile. Ce qu'il ignore, c'est que son protégé est originaire de la dimension parallèle, et qu'il manie son Trigger mieux que quiconque...

Daisuke Ashihara
WORLD TRIGGER
C
DISPONIBLE EN LIBRAIRIE
KAZÉ MANGA
WORLD TRIGGER © 2013 by Daisuke Ashihara/SHUEISHA Inc.

La magie c'est bien,
les muscles c'est mieux !

Élevé au fin fond de la forêt, Mash Burnedead partage ses journées entre séances de musculation et dégustation de choux à la crème. Mais un jour, un agent de police découvre son secret : il est né sans pouvoirs magiques, ce qui est puni de mort ! Pour survivre, il va devoir postuler à Easton, une prestigieuse académie de magie, et en devenir le meilleur élève... La magie n'a plus qu'à bien se tenir : avec sa musculature affûtée et sa force hors du commun, Mash compte bien pulvériser tous les sorts et briser les codes de cette société !

MASHLE
HAJIME KOMOTO
DISPONIBLE EN LIBRAIRIE
KAZÉ MANGA
MASHLE © 2020 by Hajime Komoto/SHUEISHA Inc.

Un humain ordinaire aux pouvoirs monstrueux !

Pour rembourser ses dettes, Denji, jeune homme dans la dèche la plus totale, est exploité en tant que Devil Hunter avec son chien-démon-tronçonneuse, "Pochita". Mais trahi et laissé pour mort, une étrange métamorphose lui offre la possibilité de se tirer des bas-fonds où il croupit ! Devenu surpuissant, Denji est recruté par une organisation de chasseurs de démons...

LEVEL UP DISASTER DIVINE POWER

20XX NEN LEVEL UP SAIGAI

Édition française
crunchyroll
8 rue Ambroise Thomas 75009 Paris
www.crunchyroll.com

DIRECTEUR ÉDITORIAL : Pierre Valls
TRADUIT DU JAPONAIS PAR : Sasha Boucheron
LETTRAGE & MAQUETTE : Studio Charon
SUPERVISION ÉDITORIALE : Léa Hivert

DESIGN : Clémence Perrot
RESPONSABLE DE FABRICATION : Julie Baudry

ISBN : 978-2-82035-030-5

Achevé d'imprimer en avril 2024
par L.E.G.O. SpA, Lavis (Italie).
Dépôt légal : mai 2024

PEFC
PEFC/18-31-280
Certifié PEFC
Ce produit est issu de forêts gérées durablement de sources recyclées et contrôlées
www.pefc-france.org